いえでででんしゃはこしょうちゅう?

あさのあつこ　作
佐藤真紀子　絵

もくじ

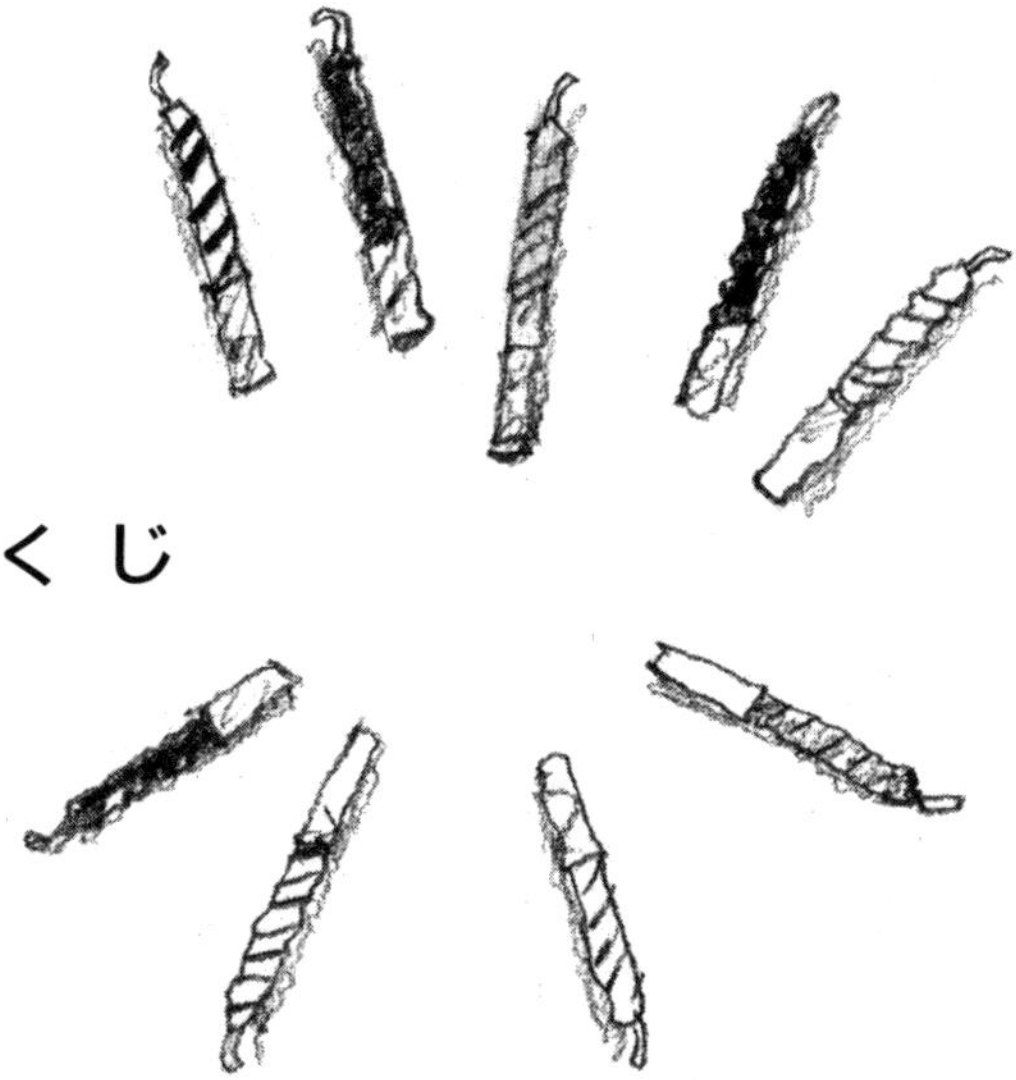

♤あさのあつこ♤
1954年岡山県生まれ。青山学院大学文学部卒業。日本児童文学者協会会員。「季節風」同人。「バッテリー」（教育画劇）で野間児童文芸賞、「バッテリーII」で日本児童文学者協会賞受賞。作品に「バッテリー」I～V、「いえでででんしゃ」「新ほたる館物語」（新日本出版社）、「ガールズ・ブルー」（ポプラ社）など多数。

♠佐藤真紀子（さとうまきこ）♠
東京に生まれる。作品に「いえでででんしゃ」「ねこじまくん」「風の森のユイ」（新日本出版社）、「バッテリー」I～V（教育画劇）、「りんごの木」「ひみつのちかみちおしえます！」（ポプラ社）、「ポケットタイガー」（佼成出版社）、「空にふく風」（汐文社）ほか多数。

1――おたんじょう日は、ひとりぼっち

足もとに、からっぽのホニュウビンがころがっている。杏里《あんり》のだ。おふろからあがった時、うすい果汁《かじゅう》やお茶を飲《の》むのに使う、小さな小さなホニュウビンだった。

さくら子は、ホニュウビンをひろいあげ、きゅっとにぎってみた。

三年生のさくら子の手の中に、すっぽりおさまるほどの小ささだ。でも、まだ一さいにもならない杏里の手からは、はみだしてしまう。杏里は、両手《りょうて》でい

っしょうけんめいビンをもって、ゴムのところから、果汁《かじゅう》やお茶をすう。くんくん、くんくん、音をさせて飲《の》む。

なみだが出そうになった。目のおくに、温泉《おんせん》があるみたいに熱《あつ》い。熱いなみだがこぼれないように、くちびるをかみしめた。

ママにだかれて、ぐったりしていた杏里《あんり》の顔がうかぶ。お昼ごろまで、元気でにこにこしていたのに、夕方、急《きゅう》にぐずりはじめて、すごく高い熱《ねつ》がでたのだ。

「杏里」

と、さくら子がよんでも、いつもみたいにわらわない。なみだをいっぱいうかべて、赤い顔をしている。

「さくら子、パパに電話して、はやめに会社から帰ってもらうから、おるす番

しててね」

杏里《あんり》をだっこして、ママはさけぶみたいにいった。うなずいた。どきどきして、こわくて、泣《な》きそうだったけど、大きくうなずいた。

ママと杏里をのせたタクシーがいってしまうと、さくら子はひとりぼっちになった。

ホニュウビンをほっぺたにおしつけてみる。ぽろりとなみだがでた。

杏里のことが、しんぱいだった。あのまま死《し》んじゃったらどうしようと思った。パパに早く帰ってほしかった。それに、きょうはいつもとはちがう、とくべつな日なのだ。

「おたんじょう日だったのにな」

つぶやいてみる。きょうは、さくら子の九回目のたんじょう日なのだ。なかよしの香織《かおり》ちゃんや菜美《なみ》ちゃんは、おたんじょう会とかして、だれをよぶとかよばないとかさわぐけれど、さくら子は、そういうのがあんまりすきじゃないので、しない。

　香織ちゃんに、

「どうして、おたんじょう会しないの？」

って聞かれたことがある。

「だって、お友だち、みんなよんでたら、ママがたいへんだもん」

と、答えた。香織ちゃんは、ちょっと首をかしげてから、

「さくら子ちゃん、えらいね。おかあさんのこと、ちゃんと考えてるんだね」

と、わらった。

　べつにママのことを考えてたわけじゃなくて、たんじょう会によぶ友だちと

よばない友だちを分けることが、できなかったのだ。香織《かおり》ちゃんたちとは、よく遊《あそ》ぶ。島《しま》さんとは、あんまり遊ばないけど、いっしょにしいく委員《いいん》をしている。ちいちゃんとは、ようち園の時からずっといっしょだ。そして、となりのクラス三年二組のおがたけいすけくんは……けいすけくんとは、あんまり遊ばないし、しいく委員でもないし、同じようち園でもなかったけれど、おたんじょう会をするなら、きてほしい。

香織ちゃんはよんで、島さんはよばないなんてこと、できない。一番きてほしい、けいすけくんに、「おたんじょう会にきてね」なんて、いうこともできないと思う。友だち全員《ぜんいん》をよぶことなんて、むりだ。そしたら、しない方がすっきりする。

それに、ケーキのろうそくをけして、みんなが、おめでとうといいながら、手をたたいたりして、ありがとうとか答えるのは、なんだかはずかしい。だから、今まで一度《いちど》もたんじょう会なんてしなかった。

でも、ひとりぼっちのたんじょう日なんて最低《さいてい》だ。すっきりしなくても、少しぐらいはずかしくても、みんなと、おめでとうとか、ありがとうとか、さわいでいた方がよかった。ずっとよかった。

「つまんないなぁ」

ソファにすわって、つぶやいてみる。

おなかが、ぐるぐるとなった。

「ごはん、自分でつくらなくちゃいけないのかなあ」

冷蔵庫《れいぞうこ》の中をのぞくと、からあげ用のとり肉とゴボウサラダがあった。からあげもゴボウサラダも大すきだ。じゃがいもを細くきってお肉につけてカリッとあげる、ママのからあげは最高《さいこう》においしい。ハムとゴマのたくさん入ったゴボウサラダもおいしい。さくら子のおたんじょう日のために、ママが用意《ようい》していてくれたのだ。

「サラダは食べられる。お肉をあげるのは、あぶないかなあ」

ひとりぼっちで、杏里《あんり》は病気《びょうき》で、パパは帰ってこなくて、おなかはすいている。最低《さいてい》、最悪《さいあく》のたんじょう日。

なんだか、だんだんはらがたってきた。

帰ってこないパパに、はらがたつ。さくら子のごはんのことをわすれてしまったママにもはらがたつ。たんじょう日に病気になった杏里にもはらがたつ。みんな、ちっとも悪《わる》くない、しかたないんだとわかっているけれど、はらがたつ。

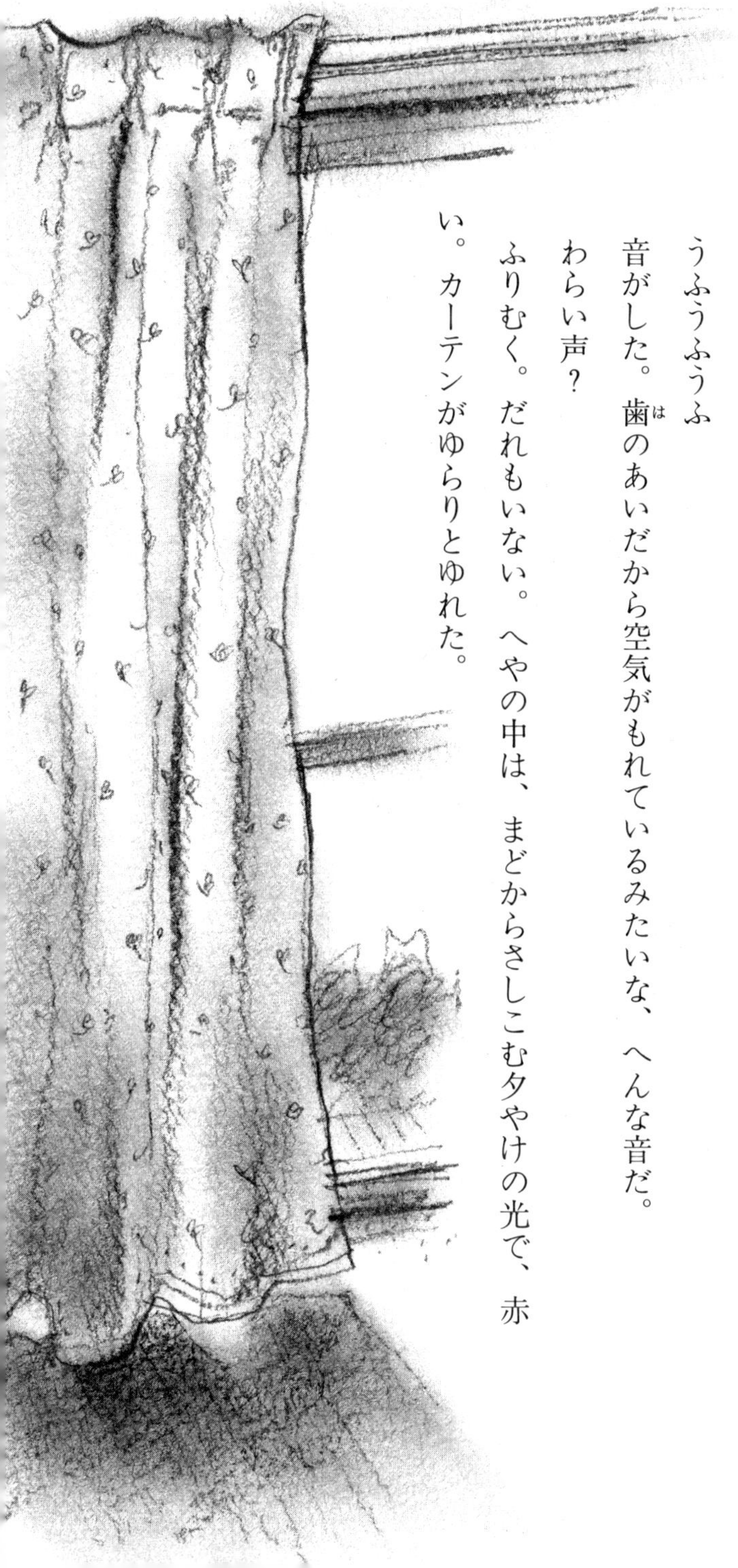

「もう、バカ。さいてい。みんなきらい、大きらい」

声にだしてみる。足をどんどんとふんでみる。こぶしをぎゅっとにぎってみる。

うふうふうふ
音がした。歯《は》のあいだから空気がもれているみたいな、へんな音だ。

わらい声？

ふりむく。だれもいない。へやの中は、まどからさしこむ夕やけの光で、赤い。カーテンがゆらりとゆれた。

まど、あけてたっけ……ううん、あけてない。それに、風なんかふいてない。こくっとつばをのみこむ。カーテンがまた、ゆれたのだ。クリーム色のぶあついカーテンが、ゆれた。

だれか、いる。だれか、かくれてるんだ。

どきどきする。

どろぼうだったら、どうしよう。悪《わる》い人だったらどうしよう……悪い人に決《き》まっている。悪くない人は、よその家のカーテンにかくれたりしない。

本だなのよこに、パパのゴルフクラブがあった。先が木のこぶみたいになっている。さくら子は、それをにぎりしめた。

「だれだ。でてきなさいよ」

さくら子がさけぶのと、カーテンのかげから、ひょろりと黒いかげがあらわ

れたのと、ほとんどいっしょだった。

さくら子は、ゴルフのクラブをふりまわす。相手《あいて》がびっくりしているすきに、にげだすつもりだった。

えいっ！

力いっぱいふりまわしたとたん、ゴツンとてごたえがあった。

「ひぇえええ」

ひめいがあがる。

「たすけてくださぁい。ゆるしてくださぁぁいぃ」

すごくかなしそうな声だった。あんまり、かなしそうなので、さくら子は、クラブをふりまわすのをやめてしまった。

「いたいですぅぅ。たすけてくださぁぁい」

「しゃしょうさん！」

黒いせいふくのしゃしょうさんが、頭をかかえてうずくまっている。びっくりした。ほんとうに、びっくりした。

「しゃしょうさん……だいじょうぶ？」

「ううう……だいじょうぶ……じゃないですぅ。いたいですぅ……でも、わたしのこと覚《おぼ》えててくれてぇ、うれしいですぅ。でも、いたいです……」

「おぼえてるよ。いえでででんしゃのしゃしょうさんだもの。

わすれるわけ、ないよ」

2——いえでででんしゃのしゃしょうさん

いえででてんしゃは、二か月ほど前、冬休みのおわりに、のった電車だ。ふつうの電車とは、ちがう。レールの上を走らない。空をとんだり、深《ふか》い海にもぐったりする。

のってくるのも、人間だけじゃなくて、鳥だったり深海魚《しんかいぎょ》だったりする。家出してきた子どもなら、鳥でも深海魚でものれるのだ。

すごく寒《さむ》い冬の日、ママとケンカして家出したさくら子は、いえでででんし

ゃにのった。けいすけくんもいっしょだ。けいすけくんは、家出したさくら子をおっかけて、いえでででんしゃにのりこんできた。鳥のチョウゲンボウさんや深海魚《しんかいぎょ》のリュウグウノツカイさんものってきた。みんなと話ができた。いえでででんしゃの中では、だれとでも話ができた。

ママが、

「さくら子、ごめんね。ほんとうにごめんね」

と、あやまってくれたから、さくら子は家出をやめた。いえでででんしゃにさよならしたのだ。

さよならした後も、ふっと空を見上げて、

(チョウゲンボウさん、飛《と》んでないかなぁ)

とさがしたり、夜、ベッドの中で、

（リュウグウノツカイさん、なにしてるんだろう）

と考えたりすることがある。

いっしょにのったけいすけくんに、一度《いちど》だけ、

「いえでででんしゃは、どこを走ってるのかなぁ」

っていったことがある。

まっ赤な夕やけの日だった。けいすけくんは、ぐんとうでをのばして、

「どこかを走ってるぞー」

と、大きな声を出した。それから、坂道《さかみち》をぴゅっと走っていった。赤い夕日の中で、坂をかけおりるけいすけくんのせなかは、どんどん小さくなって、まがりかどに見えなくなった。

もう一度、チョウゲンボウさんやリュウグウノツカイさんに会いたいな。け

いすけくんと、いえでででんしゃにのりたいな。

そう思うこともある。でも、家出することがないので、のれない。ウソの家出では、いえでででんしゃはあらわれないと思う。子どもが家出して、本気で家出して、ぷんぷんおこっていて、だけど、家に帰れなくて心細くて、

(どうしよう。ぜったい、お家には帰りたくないけど、いくとこないし……どうしよう)

って、ほんとうにこまっていたら、あらわれるんだと思う。

さくら子は、そうしんじていた。

でも、今、いえでででんしゃのしゃしょうさんが、さくら子の前にあらわれた。

二か月前より、やせたみたいだ。あのときも、ひょろひょろで、ガイコツみ

たいだったけど、ますます細くなって、理科室の骨《ほね》のひょうほん
そっくりになっている。
ひょろひょろのしゃしょうさんは、頭をかかえて、
いたいですぅと泣《な》いていた。
「ごめんなさい。
だいじょうぶ？
タオルでひやそうか？」

「いいですぅ。

かくれていた、わたしが
いけなかったんでぇすからぁ。

がまんしまぁすうぅ」

「そうだよ」

さくら子は、こしに手をあてて、うんとうなずいた。

「よその家のカーテンにかくれたりしちゃいけないよ。

そんなことしたら、悪《わる》い人とまちがわれるよ」

「はいぃ」

「なんで、あんなとこにいたの？」

「それはぁ、さくら子さんがぁ、家出をしたいんじゃないかと思ってぇ」

「わたしが？　なんで？」

しゃしょうさんが、わらった。目が細くなって、鼻《はな》がぴくりと動《うご》いた。なんだか、ずるそうなわらい顔だった。

「だってぇ、すごくおこってたぁでしょう。たんじょう日なのにぃ、ひとりぼっちだって。ひどいですよねぇ。そりゃあおこりますよねぇ」

「え……いや、そうだけど、でもね」

さくら子は、しゃしょうさんの笑顔《えがお》をじっと見つめた。

「でもね、あたし、家出したいなんて思わなかったよ」

しゃしょうさんの目が、なん度もまたたきする。口がぽくっとあいた。まゆが、きゅっとよった。

「そっそんなことぉないですよ。気がついてないだけですよぉ。あんなにおこってたんだからぁ……ほら、この前、いえでででんしゃにのった時もぉ、すごく、すごくおこってたぁじゃないですかぁ。ねっ、だから、きょうも家出したいでしょう」

「ちがうよ」

さくら子は、くっとあごをあげた。

「この前は、ママがあたしの話をちゃんと聞かないでおこったから、家出したの。でも、きょうは、はらがたつけど、しかたないもの。ママや杏里《あんり》は、悪《わる》くないし……しかたないもん」

「そんなことないですよぉ。もっとおこっていいですよぉ。おこって家出していいですよぉ。ひとりぼっちのたんじょう日なんて、ひどすぎますよねぇ」

「ひどくない！」

さくら子は、大きな声をだした。おなかに力をいれて、すごく大きな声をだした。

しゃしょうさんが、耳をおさえて、しゃがみこむ。

「どならないでくださいぃ。せっかくぅ、おむかえにきてあげたのにぃ」

「おむかえ？」

「そうですよぅ。家出していえでででんしゃにのりたいと思ったでしょう。だから、わざわざ、おむかえにきてあげたんですぅぅ」

「いえでででんしゃ！」

「そう、いえでででんしゃ、のりたいでしょうぅ」

「うん」

うなずいていた。しゃしょうさんは、立ち上がり、えっへんと胸《むね》をそらせた。

「でしょ、でしょ。だからのせてあげます。さっさと家出していえでででんしゃにのりましょう」

「空をとぶ?」

「もちろん」

「海にもぐる?」

「あたりまえ」

のりたいなぁ。空をとんで、深《ふか》い海にもぐって、チョウゲンボウさんやリュウグウノツカイさんに、会いたいなぁ。

考えただけで、胸《むね》がどきどきする。うずうずする。わくわくする。

のりたいなぁ。会いたいなぁ。

しゃしょうさんが、また、にやりとわらった。

「たにざき、だまされるな!」

うしろで大きな声がした。さっきのさくら子の声より、大きかった。しゃしょうさんが、ひえぇぇといって耳をおさえた。

「けいすけくん」

ドアのところに、おがたけいすけくんが立っていた。四角いハコを手にもって、きゅっと口をむすんで、しゃしょうさんをにらんでいる。

「たにざき、だまされるなよ。そいつは、いえでででんしゃのしゃしょうさんじゃないぞ!」

「ええっ」

さくら子としゃしょうさんは、どうじにさけんでいた。

「そいつは、ニセモノだ。たにざき、にげろ」

「なっなっなっなにを、いうんでぇすかぁ。わたしは、本物ですよぉ。ほんとにほんとのいえででんしゃのしゃしょうです」

「じゃ、なんで、おむかえになんか来るんだよ。たにざきは、まだ家出してないのに、むりにでんしゃにのせようとしてるじゃないか」

「そっ、それは……」

さくら子は、けいすけくんの方に後ずさりしながら、パパのクラブをにぎりしめた。

「そうだよね。しゃしょうさん、前にいってたよね。『むりに、子どもをつれていったりしたら、ゆうかいででんしゃになってしまう』って。いえででんしゃは、ほんとうに家出した子どもしかのれないって、そういったよね」

「そうだ、いえでででんしゃは、のりたい子どもだけがのれるんだぞ。むりやり、のせるなんて、おかしいだろう」

「うん。おかしい」

「こいつは、ニセモノだ。いえでででんしゃのしゃしょうさんにばけてるんだ」

「もしかして、ゆうかいでででんしゃのしゃしょうさんかも、しれないよ。子どもをゆうかいしに来たんだ」

とつぜん、すごい泣《な》き声がした。さくら子の声より、けいすけくんの声よりずっとずっと大きかった。地のそこから、ぼかーんとふきだしたみたいな大声だった。

「うわぁぁぁぁぁん。うわぁぁぁぁぁぁん」

さくら子とけいすけくんは、びっくりして、二、三歩、うしろにさがってしまった。

しゃしょうさんは、ゆかにすわりこんで、両手で顔をおおって、泣《な》いている。細い指の間から、なみだのしずくが、ぼったんぼったんこぼれて、落《お》ちた。

「ひどい、あんまりだぁあ。おつかいででんしゃとか、まいごででんしゃなら、まだがまんするけどぉおお、ゆうかいででんしゃなんて、あんまりだあぁ。うわぁぁぁぁぁん」

けいすけくんは、ハコをソファの上におくと、両手《りょうて》でしっかり耳をふさいだ。しゃしょうさんの、泣き声は、どんどん大きくなる。耳がいたくなる。さくら子も、耳をふさいで、けいすけくんの横《よこ》にすわりこんだ。

「あんまりだぁ。いえででんしゃのしゃしょうなのに、あんまりだぁ。うわぁぁぁぁぁぁん」

「わかった、わかったよ。ごめんなさい。あやまるよぉ」

けいすけくんが、耳をふさいだまま、頭をさげる。さくら子は、しゃしょうさんのうでにさわってみた。ごつごつした、とても細いうでだった。

「しゃしょうさん、ごめんなさい。泣《な》かないで。もう、ゆうかいでんしゃのしゃしょうさんだなんていわないから、泣かないで」

ひくっと、しゃしょうさんが、しゃっくりした。丸い目から、丸いなみだのつぶが、あふれていた。

「ううっ、ひっく、子どもをゆうかいするなんて、ひっく、さいていじゃないですかぁ。ひっく、わたしは、そんなことしませぇん。わたしは、いえでででんしゃのしゃしょうですぅ。ひっくひっく」

しゃしょうさんは、本気で泣《な》いていた。本気でつらいのだ。さくら子は、しゃしょうさんのうでをそっとなでた。

「うん、わかったよ。しゃしょうさんは、ゆうかいででんしゃじゃなくて、いえでででんしゃのしゃしょうさんだよ」

「ひっく、ひっく」

「わたしたちが、まちがってたの。ごめんね。もう泣かないで。泣かないで教えて。しゃしょうさん、なんで、あたしのところに来たの？　なんで、むりに家出をさせようとしたの？　教えて」

3——いえでででんしゃが動《うご》きません

なみだと鼻水《はなみず》をすすりあげて、しゃしょうさんは、こくっとうなずいた。
「なんか、どっちが子どもかおとなかわかんないなあ」
けいすけくんが、くすっとわらった。
「わたしは、おとなじゃないですぅ。いえでででんしゃのしゃしょうですぅ。ずっとずっと、いえでででんしゃのしゃしょうでした……なのに……なのに、もうだめです」

「だめって、なにがだめなの？」

「いえでででんしゃが、こわれましたぁ。こしょうしましたぁ。動《うご》きませぇん」

しゃしょうさんの目から、新しいなみだがこぼれた。さくら子とけいすけくんは、顔を見合わせた。

「こしょうしたなら、しゅうりしたらいいだろう。電車なんだから、しゅうりできるだろう」

と、けいすけくん。

しゃしょうさんは、うなだれて頭をぶらぶらふった。

「電車じゃないですぅ。いえでででんしゃですぅ。いえでででんしゃがこしょうするなんて、しんじられません。こしょうしたことないから、しゅうりもできませぇん」

「しゅうりできなかったら……どうなるの？」

しゃしょうさんの肩《かた》が、ぴくりと動《うご》いた。体が、ぶるんとふるえた。顔がくしゃんとゆがんだ。

「いえでででんしゃが、なくなりますぅ……もう、家出した子どもをのせられませぇん……のせられ……ううううあああん」

けいすけくんは、あわてて、手をふった。

「わかった、わかったから、もう泣《な》かない。もう、おとなのくせに、すぐ泣くなんて、おかしいぞ」

「わたしは、おとなじゃないんですぅ。いえでででんしゃのしゃしょうですぅ。でも……いえでででんしゃがなくなったら、いえでででんしゃのしゃしょうでは、なくなりますぅ。うううう」

「だから泣《な》くなって。だけど、いえでででんしゃのしゃしょうさんのくせに、こしょうの原因《げんいん》、わかんないわけ？」

けいすけくんにいわれて、しゃしょうさんは、ぐっと泣くのをがまんした。ひっくと一度《いちど》だけ、しゃっくりをした。

「わかんないですぅ……でも、でも、いえでででんしゃがこしょうするなんてぇ考えられないのでぇ、もしかしてぇ、家出する子どもが、だれもいなくなったんじゃないかとぉ……家出する子がいないと、いえでででんしゃは動《うご》かないんじゃないかとぉ……」

「あっ、それで、たにざきにむりやり家出させようとしたんだ」

けいすけくんが、パチンと指《ゆび》をならした。

「ううう……ごめんなさぁい。でもでも、だってだって、さくら子さん、すごくぅおこってたから、家出してくれるんじゃないかと思ってぇ……」

「あたし、家出するほどおこってないよ」

さくら子は、くちびるをとがらせた。

ひとりぼっちのたんじょう日が、さみしくて、くやしくて、「最低《さいてい》！」なんてさけんじゃったけど、家出をしようとは、思わなかった。

電話のベルがなった。

ルルルルル、ルルルルル、ルルルルル
受話器《じゅわき》を耳にあてると、ママの声が聞こえた。

「さくら子？　ママよ。今、病院《びょういん》」

杏里《あんり》のぐったりした顔がうかぶ。

「杏里は？　だいじょうぶ？」

「今ね、点滴《てんてき》してもらってるの。だいじょうぶだって。もうすぐ熱《ねつ》がさがるって」

見えないけど、ママがわらったのがわかる。

「ほんと？　よかった。じゃあ帰れるね」

「それが、今夜はようじんのために、病院《びょういん》にとまるの。一晩《ひとばん》だけ入院するね……さくら子、ごめんね」

「いいよ」

それだけしかいえなかった。

「パパも帰るの少し、おそくなるみたいだし……さみしくない？」

さみしいに決《き》まってる。そんなこと聞かなくたって、さみしいに決まってる。

おとなって、どうして、こんなことを聞くんだろう。

今、さみしくない？　と聞かれて、

「さみしいよ、早く帰ってよ」

って、答えられるわけがないじゃないか。さみしいのをがまんするより、しかたないじゃないか。

「さみしくないよ。平気《へいき》だよ。あのね」

さくら子は、けいすけくんとしゃしょうさんの顔を見た。

「あのね、今ね、お友だちがきてるの」

「友だち？　……あっ、おがたくんでしょ。おがたベーカリーのけいすけくん。ママね、おたんじょう日ケーキ、たのんでたの。さっき電話して、とりにいけないから、はいたつしてくださいって、たのんだの。けいすけくんが、もってきてくれたんだね」

さくら子は、ソファの上の四角いハコに目をやった。ばたばたしていて気がつかなかったけど、赤とピンクのリボンがついている。

けいすけくんの家は、パン屋《や》さんだけど、注文《ちゅうもん》するとケーキもつくってくれる。ときどき、けいすけくんから、やきたてのパンのほこほこしたにおいや、ケーキのあまいかおりがすることがある。

とってもいいにおいだ。

そうか、ママ、たんじょう日のことわすれてなかったんだ。

けいすけくん、わざわざ、もってきてくれたんだ。

さくら子は、受話器《じゅわき》を強くにぎりしめた。

「ママ、だいじょうぶ。あんまりさみしくないから、だいじょうぶ。友だちといっしょにケーキ食べるから。ママがつくってくれたゴボウサラダも食べるから」

うそじゃなかった。一つもうそはつかなかった。さっきまでのさみしい気持《きも》ちが半分くらいに、ちいさくなっていた。

「そうか。じゃ、また電話するね」

ママがふっと息《いき》をついてから、電話をきる。さくら子は、ふりむき、にっとわらってみせた。けいすけくんは、おこったようにむずかしい顔をしている。

「あっあのさ、おれ、こんにちはとかいったんだぜ。ちゃんと、おがたベーカリーからはいたつにきましたって、いおうとしたんだぜ。父さんに、ちゃんとあいさつするんだぞって三回もいわれたから……いおうとしたら、たにざきの大きな声が聞こえて、しゃしょうさんの声がきこえて、あれって思って、なんかしんぱいになって……」

「うん、しんぱいしてくれて、ありがとう」

「べっべつに、しんぱいしたわけじゃないけど」

けいすけくんは、ぷいっと横《よこ》をむいた。横顔が少し赤くなっている。

「帰る」

「えっ、いっしょにケーキ、食べようよ」

「いらない。帰る」

「だって、きょう、あたしのたんじょう日なんだもの。いっしょに食べても、いいじゃない」

「たにざきのたんじょう日なんて、かんけいないもんな」

「いじわる。いいよ、もうしらない。さっさと帰っちゃえば」

「なんだよ、そのいい方。むかつく。せっかく、はいたつしてやったのに。うちは、ほんとうは、はいたつしないんだぞ。それをわざわざもってきてやったんだぞ」

「なによ、はいたつしたぐらいで、いばらないでよ」

「うわぁぁぁぁぁぁん」

しゃしょうさんが、また泣《な》き出した。

「いえでででんしゃがこしょうしてるのにぃ、ケーキ食べたり、ケンカしてる場合じゃないですぅ。あああああん」

けいすけくんが、あわてて、しゃしょうさんの口をおさえた。

それから、「どうする?」ってたずねるみたいに、さくら子の顔を見た。さくら子は、うなずく。

「いってみよう」

いえでででんしゃのところにいってみよう。なおせるかどうか、わからないけれど、いってみよう。

「よし、いこう。どうせなら、いえでででんしゃの中で食べよう」

けいすけくんは、ケーキのハコをかかえると、さっさと歩きだした。

4 ——いえでででんしゃは病気《びょうき》なの？

いえでででんしゃは、病気だ。
かれ草の野原のまんなかに、ぽつんととまっているいえでででんしゃを見たとき、さくら子は、そう思ってしまった。
一番最初《さいしょ》に見たときも、すごいボロでんしゃだったけれど、こんなにさみしそうじゃなかった。あちこちがはげて、一両《いちりょう》しかなかったけれど、夕日をあびてきらきらしていた。

きょうも、夕やけだ。なのに、いえででんしゃは、きらきらしていない。きず口にかたまった血《ち》のような、赤黒い色にみえる。どこかがいたくて、苦《くる》しくて、つらくて、泣《な》いているようにみえる。入院《にゅういん》した杏里《あんり》のことを思い出してしまう。

「中に入れるの?」

「入れますぅ。ドアがあいたまま、しまりませぇんから」

しゃしょうさんが、ドアをゆびさし、ため息《いき》をついた。

中は、ひんやり寒《さむ》い。この前は、銀色《ぎんいろ》のストーブがあって金色のヤカンから、しゅっしゅっとゆげがたっていた。あったかだった。今は、ストーブもヤカンも、小さなクッションののったイスも、ひえている。うっすらとホコリをかぶっている。

「うーん、これは、なんか……」

けいすけくんが、こくっと息《いき》をのみこんだ。

「なっなおりますかねぇ」

しゃしょうさんは、おいのりするように両手《りょうて》の指《ゆび》をくんで、けいすけくんをのぞきこむ。

「うーん、けど、いえででんしゃって家出した子がいたら、動《うご》くんだろ。て、ことは、やっぱ、家出する子がいなくなったから動かないんだよな」

「そうかなあ。そんなことあるかなあ」

さくら子は、首をひねる。子どもだって、いや、子どもだから、本気ではらがたつことがある。がまんできないことがある。

さくら子のように、ムジツのツミでしかられて、チョウゲンボウさんのように、やたら兄弟とくらべられて、リュウグウノツカイさんのように、ボーと考えごとをしていただけで、うるさくいわれて、おこりながら、泣《な》きながら、家を飛《と》び出しちゃう子って、たくさんいるんじゃないのかな。

そういおうとしたとき、おなかがぐるっとなった。

「あっ、たにざき、おなかすいてんだ」

けいすけくんが、わらった。バカにしたり、からかったりするためのわらいじゃなくて、やさしい笑顔《えがお》だった。

「ぼくも、へってんだ。ぺこぺこ」

「うん、じゃっ、ケーキ食べようよ。食べながら、みんなで、どうしたらいいか考えようよ」

しゃしょうさんは、長いため息《いき》をついたけれど、ちょっとだけわらってうなずいた。

「さくら子さんは、いくつになりましたかぁ？」

「九さい」

「それは、すごいですねぇ。九回目のおたんじょう日をおいわいできて、よかったですねぇ」

「しゃしょうさんは、いくつ？」

「わたしは、いえでででんしゃのしゃしょうですからねえ、としなんかありませぇん」

「ほんとに！　じゃ、おたんじょう日もないの？」

「ありませぇん」

「たんじょう日がないなんて、さみしくない？」

しゃしょうさんが、うーんとうなる。

「そういわれればぁ、さみしいようなぁ気もしますねえぇ」

「きょうが、たんじょう日ってことにすれば。たにざきといっしょに、おいわいできるしさ」

けいすけくんが、ケーキにろうそくを九本、たてた。ポケットから、おがたベーカリーとかかれたマッチ箱《ばこ》をとりだす。火をつける。

「ほらほら、ふたりとも、早く火をけして」

しゃしょうさんとさくら子は、顔を見合わせてから、いっしょにろうそくの火めがけて、息《いき》をふきかけた。

けいすけくんが、拍手《はくしゅ》する。

「おめでとう」

「ありがとう」

「おたんじょう日なんて、なんか、へんな気持《きも》ちですぅ。なんか、はずかしいですぅ。いえでででんしゃの中で、おたんじょう日をおいわいしたのは、はじめてですぅ」

カタン。小さな音がした。くらりといえでででんしゃがゆれた。しゃしょうさんが、立ち上がる。

でも、それっきりだった。いえでででんしゃは、ドアをあけっ放《ぱな》しのまま、じっとしている。動《うご》かない。

「どうしたんでしょう。どうしたんでしょう。今、ちょっと動きましたよねぇ」

「うーん、少しゆれたような……しゃしょうさん、おちついて。ほら、ケーキ食べようよ」

ハコの中にはいっていたプラスチックナイフで、けいすけくんがケーキをじょうずにきりわける。

「とほほほほ、ケーキなんてぇ食べる気分じゃありませぇん……うん？……おっおいしい、これは、おいしいケーキですねぇえ」

「あったりまえ。うちのケーキだからな。すごく、おいしいんだ」

ほんとうにおいしい。おがたベーカリーのパンもおいしいけれど、ケーキもすごくおいしい。けいすけくんのおとうさんて、すごいなと思う。

「けいすけくんも、大きくなったらパン屋《や》さんになるの？」

「なりたいのはサッカー選手《せんしゅ》」

けいすけくんは、イスにすわったまま、ボールをけるマネをした。

「サッカー選手になって、世界中《せかいじゅう》で試合《しあい》してみたいな」

カタッ、カタッ。ストーブの上の金色のヤカンがゆれる。さくら子とけいすけくんとしゃしょうさんは、口のまわりにクリームをつけたまま、ヤカンを見つめていた。ヤカンは、すぐに動《うご》かなくなった。

「はっ話をつづけてくださぁい。やめないでつづけてくださぁい」

しゃしょうさんが、手をばたばたふった。

「そっそんなこといったって、えっと、なんの話をしてたんだっけ」

けいすけくんが、頭をがりがりとかく。

「えっと、あのね、サッカーの話。けいすけくんがサッカー選手《せんしゅ》になりたいって話」

「あっ、そうか……だったら、あの、たにざきは？」

「え？」

「たにざきは、なんになりたい？」

さくら子は、目をぱちぱちさせてみた。

なりたいもの……一つだけある。でも、いったらわらわれそうだ。

「さくら子さん、だまってたらぁだめですぅ」

「でも、あの、あのね、わたしね」

うんとけいすけくんが、うなずいた。さくら子を見つめて、うなずいた。

「あの、わたしね、家をたてる人になりたい」

「ふーん、大工さんとか？」

「うんとね、どんな家にするか考えてね、設計図《せっけいず》とかもつくってね、それで、いろんな家をつくるの」

むかし読んだお話だった。泉《いずみ》のそばに家をつくる小さな会社があって、注《ちゅう》

しい
冬眠用《とうみんよう》の家がほしい
会社の人は、

文《もん》に応じて、家をつくるのだ。寒《さむ》がりのペンギンだとか、冬眠用《とうみんよう》の家がほしい
クマだとか、足の悪《わる》い人間のおじいさんだとかが、やってくる。会社の人は、
いっしょうけんめい考えて氷《こおり》をくりぬいたり、
大きなプラスチックの球《たま》をひっつけたり、
バラのアーチで玄関《げんかん》をつくったり、
いろんな家をたてていく。そのお話が
ずっとわすれられない。
「あのね、みんながね、よろこぶような、
すてきでね、とってもおもしろい家をね」
カタッ、カタッ、カタカタ。
ヤカンがゆれる。いえでででんしゃも

ゆれる。さっきより、ずっと強く長くゆれる。

「さくら子さぁん、やめないで。ほら、つづけてくださぁい」

「つづけてって、それだけ。あたし、家をたてる人になりたい。あっ」

急《きゅう》に明るくなった。銀《ぎん》のストーブに火がともったのだ。同時に、ヤカンからゆげがあがる。

シュッ、シュッ、シュッワー。

ドアが閉《し》まる。しんどうが、足の下から伝わる。

「うっうっ動《うご》きますよぉ。いえでででんしゃが動きますよぉ」

しゃしょうさんが、さけんだ。バンザイするように、両手《りょうて》を上にあげている。

しゃしょうさんのいうとおり、いえでででんしゃは動きだした。まっすぐ空に向かって、動きだした。

5――いえででんしゃはどこいくの?

ぐんぐんぐんぐん、スピードがあがる。
「ねえ、どこにいくの? ぐんぐん、のぼってるよ」
さくら子がたずねると、まどから外をのぞいていたけいすけくんが、大きく息《いき》をはきだした。
「すごいスピードで、空をのぼってるぞ。山より高くのぼってる。しゃしょうさん、ほんとに、どこにいくんだよ?」

「わかぁりません」

しゃしょうさんは、にこにこしながら答えた。

「わかんないって、そういうの、えっと、ほら、無責任《むせきにん》だよ」

「そうだよ。無責任よ。あたしたち、どうなるの？　家に帰れるの？」

「どうでしょうかねぇ。なんてったって、いえでででんしゃですからねぇ。家に帰れますかねぇ。まいごでででんしゃなら、お家まで送《おく》ったりするんですがね。いや、まぁ、よかったよかった。いえでででんしゃが動《うご》いて、よかったよかった」

しゃしょうさんは、ケーキを一口でかじると、ハッハとわらった。

「よくないでしょ。だいたい、あたしたち家出なんかしてないでしょ。それなのに、どこにいくのよ」

「うーん、家出した子しかのせないいえでででんしゃがぁ、家出していない子をのせて、どこにいくんだろうなあ。ふしぎだ。わからんなあ」

しゃしょうさんが、ケーキを食べながら首をかしげる。けいすけくんは、うでぐみをして、息《いき》をついた。

「こうなったら、しょうがないよな。どこにいくのか、いえでででんしゃにまかせないと」

「けいすけくん、おちついてるね」

「だって、でんしゃで空をのぼってんだもの。なんか、楽しい。たにざきは、こわい？」

さくら子は、首をよこにふった。こわくはない。でもなにかへんなかんじはする。いえでででんしゃが、家出していないさくら子たちをのせているなんて、へんだ。

やっぱり、こしょうしてるんじゃないのかな。むちゃくちゃ動《うご》いてるんじゃないのかな。

そう思ってしまう。そう思うと、少しこわくなった。

「いやいや、ふたりには、かんしゃしてるよ。はっはっは。ありがとうよ」

しゃしょうさんは、さっきまでの泣《な》きむしではなく、ちょっといばったかんじになった。いい方まで、えらそうになる。そして、大きな口をあけて、はっはっはとわらう。わらいながら、おたんじょう日ケーキをばくばく食べる。

てんじょうのでんとうがついた。

「おっトンネルだぞ」

しゃしょうさんが、いいおわらないうちにまどの外が、まっ暗《くら》になった。こ

の前は、トンネルをぬけると空の上だったり深海《しんかい》だったりした。今度《こんど》は、どうだろう。

　ぐんぐんぐん。まっ暗《くら》なトンネルの中でも、いえでででんしゃはスピードをゆるめない。

「きっと駅《えき》につくぞ。シャボンであわあわ駅かなぁ。冬のこがらし駅かなぁ。家出する子が、のってくるぞ」

　しゃしょうさんが、ちょうしのはずれた口ぶえをふく。

けいすけくんは、まどの外をじっと見つめている。

　トンネルをぬけた。やはり、空の上だった。でも、さっきまでの夕やけの空とはちがう。青い。どこまでも青い青い空だった。まぶしい。すごくきれいなまっ青な空。

「あれっ？」
けいすけくんが、おでこをまど
ガラスにくっつけた。
「あの人たち、なんだろう？」
さくら子もまねして、おでこを
くっつけてみる。
地上が見えた。ぜんぜん知らな
いふうけいだった。

　赤茶けた山の間を、道がくねくねとつづいている。みどりとかは、あまりない。赤い土と岩だらけの土地だ。そこを、人が歩いていた。なん十人、なん百人……たくさんの人だ。さくら子が見たこともないほど、たくさんの人が歩いている。

「なにしてるんだろう」

　けいすけくんが、こくりと息《いき》をのみこんだ。いえでででんしゃが、ゆっくりとおりていく。歩いている人たちのすがたが、はっきり見えるところまできた。

　けいすけくんが、もう一度《いちど》、息をのみこんだ。さくら子も同じことをした。のみこんだ息が、のどにつっかえて苦しい。体が、ふるえた。

　なん百人という人たちの中で、わらっている人はひとりもいなかった。泣《な》いている人はたくさんいた。ケガをしている人も、たくさんいた。ほとんどの人は、なにも考えていないみたいな、たましいがぬけてしまったみたいな、ぼんやりした顔をしていた。

なん人かの子どもたちが、いえででんしゃに気がついたのか、空にむけてうでをのばした。でも、おとなたちは、なにもいわない。だまって、ぼんやりと歩いているだけだった。

「ねぇ、この人たち、どうしたの？　ねえ、しゃしょうさん、この人たち、だれなの？　なにをしてるの？」

しゃしょうさんのまゆが、かんじの八の形になった。

「ううう一ん、だれなんだろう。わかんないぞ。わかっているのは、ここが、シャボンであわあわ駅《えき》でも冬のこがらし駅でもないってことだぞ」

ガタッとゆれて、いえでででんしゃは、また空にのぼっていった。

「あっ、けむり！」

けいすけくんがさけぶ。

赤茶けた山のむこうに、けむりがみえる。

なん本もの黒いけむりが、まっ青な空にくねくねとあがっている。

てんじょうのでんとうが、またたく。ヤカンから、ゆげがふきでる。ヤカンもストーブもかたかたゆれる。ゆれは、どんどん大きくなる。

ガタン！　イスがたおれた。立っていられなくて、さくら子はしゃがみこん

だ。けいすけくんもしゃがみこんだ。しゃしょうさんだけは、なんだなんだとさわぎながら、なんとか立っている。

いえでででんしゃが走り出す。けむりにむかって走り出す。ものすごい速《はや》さで走り出す。まっすぐに、空をつっきって走る。

「ああっ、うわっ」

しゃしょうさんが、しりもちをついた。ごろごろところがる。

「いたいぃ、いたいですぅ」

「もう、ころんだぐらいで泣《な》かないの。それより、すごいスピードだよ。いえでででんしゃ、だいじょうぶなの？」

「わかりませぇん。やっぱり、いえでででんしゃはこわれてしまったんですぅ。かってに走り回ってぇ、やっぱり、どこかがこしょうしてしまったんですぅ。

とほほほほ」

「泣《な》かないの！　こんなときに、とほほほほなんていってってもしょうがないでしょ」

急《きゅう》にいえでででんしゃがとまる。そして、すごい音がした。さくら子が、今まで一度《いちど》も聞いたことのない音だった。なにかがばくはつしたような、大きな大きな生き物がうなり声をあげているような、体のおくにどすんとひびいてくる音だった。

「たにざき！」

けいすけくんが、さくら子のうでをひっぱった。

「なんだよ、これ！　たいへんだよ。たいへんだよ」

「え？」

さくら子のうでをつかんだけいすけくんの指《ゆび》がふるえている。体ぜんぶがふるえている。

まどの下には、街《まち》があった。街だと思う。赤茶けた山にかこまれた場所《ばしょ》に、たくさんの家があるのだ。あちこちから、けむりがあがっていた。

「火事《かじ》?」

「ちがう。あれ、あれ見ろよ」

けいすけくんがゆびさした方向《ほうこう》に、銀色《ぎんいろ》の光が見えた。それは、すぐに先のとんがったジェット機《き》だとわかった。いえでででんしゃのすぐ下を飛《と》んでいく。

そのとき、また、あのすごい音がした。どすんどすんとひびいてくる音。

「ばくだんだ……ばくだん、落《お》としてる」

けいすけくんが、口をぱくぱくと動かす。

「せっ戦争《せんそう》？　戦争してるの？」

さくら子は、けいすけくんのうでをぎゅっとにぎった。こわくて、なにかをにぎってないと、たおれてしまいそうだった。

　家がふっとぶ。新しいけむりが、また、むくむくとあがってくる。

銀色《ぎんいろ》のジェット機《き》は、街《まち》にいくつものばくだんをうちこんだ。そのたびに、家がふっとび、けむりがあがる。

「さっさっきの人たち、ここからにげ

だしてきたんだ」

けいすけくんが、かたかたふるえる声でつぶやいた。

「だけど、なんで、こわすのよ。へんだよ」

さくら子の声も、かたかたふるえる。

パパは、よく戦争《せんそう》の映画《えいが》をビデオで見ている。いとこの良明《よしあき》くんは、戦闘《せんとう》もののゲームが大すきで、いつもやっている。どちらも敵《てき》どうしが戦《たたか》う。おたがいが、いろんな武器《ぶき》をもっていて、

戦うのだ。

でも、今、さくら子が見ているものは、ちがう。こうげきしているのは、ジェット機《き》だけで、街《まち》はじっとしている。みんなにげてしまって、だれもいない街をこうげきしているんだろうか。

ぐわぁん、ぐわぁん。

ジェット機は全部《ぜんぶ》で三機いるようだ。空の上をぐるぐる回りながら、街をこわしている。

去年《きょねん》、学校からの帰り道、よっぱらったおじさんが、子犬をいじめていた。よたよたしか歩けない小さな茶色い子犬めがけて、ぼうや石ころを投《な》げつけていたのだ。そして、けたけたわらっていた。島《しま》さんといっしょにいたから、ふたりで大声をだした。だれか助けてーってさけんだ。おじさんはにげた。子犬は、今、島さんのおばあちゃんの家で飼《か》われている。

そのことを思いだす。ジェット機《き》はなんにもしない子犬をいじめていたおじさんみたいだ。弱いものいじめの、いばりんぼうの、よっぱらったおとなみたいだ。

「あっ、また家が……しゃしょうさん、なんとかなんないの」

けいすけくんが、どんどんと足をふみならした。

「なりませぇん。いえでででんしゃは、家出した子をのせるでんしゃですぅ。なんともなりませぇん」

「だって、家がこわされてんだよ。あいつら、どんどん家をこわしてんだぞ」

どんどん。けいすけくんの足がゆかをならす。

「そうだよ。なんとかしなくちゃ。家がなくなったら、家出どころじゃないよ」

さくら子も、足にぎゅっと力をいれた。

「家がなくなるんだよ。こわされちゃうんだよ。家出したくても、できないじゃない。家をおいて、にげださなくちゃいけないいんだよ」

でんとうがきえた。あっと思ったとき、いえでででんしゃは、まっ赤にかがやいた。中も外もまっ赤だ。まぶしい。そして、馬が後ろ足で立ち上がるように、ぐんと前がもち上がった。さくら子とけいすけくんとしゃしょうさんは、ななめになったゆかの上をイスといっしょに、ころがってしまった。

いえでででんしゃが、また走り出す。さっきより速《はや》い。まっすぐに、ジェット機《き》にむかっていく。

ジェット機のそうじゅうせきが見えた。ヘルメットをかぶり、口にさんそ吸《きゅう》入器《にゅうき》のようなものをつけたパイロットが、見えた。

目を大きく開いている。びっくりしているのだ。なにかさけんだみたいだ。

いえでででんしゃは、ジェット機《き》の上を通りすぎた。そして、すぐに向《む》きをかえ、もう一機にむかっていく。

しゃしょうさんがひめいをあげた。

「せっ戦闘機《せんとうき》に向かっていくなんてぇ、むちゃです。うっうたれます―」

しゃしょうさんのいうとおりだった。ジェット機のつばさから火花がちった。

「うってきました。うってきました。なんにもしないのに、うってきましたぁ」

ゆかにつっぷして、しゃしょうさんが泣《な》く。

「なんか、武器《ぶき》とかないの」

けいすけくんが、車内を見まわす。

「いえでででんしゃは、戦闘機ではありませぇん。武器なんかありませぇん」

いえでででんしゃが、ぶるぶるゆれる。ピーと、高い音がした。

とつぜん、空中に大きなまっ白いものがあらわれた。

「ケーキだ」

けいすけくんとさくら子は、いっしょにさけんだ。

おたんじょう日ケーキだ。でも、半分だけだった。でも、ふつうのケーキの百倍《ひゃくばい》ぐらいありそうだった。いや、もっと大きい。二階建《にかいだ》ての家ぐらいに見える。イチゴもキウィも百倍以上《いじょう》の大きさでのっている。半分だけど家ぐらい大きいケーキが、空中にぽっかり、ういている。そこに、ジェット機《き》がつっこんだ。

生クリームとイチゴとキウィがとびちって、のこりの二機《にき》のそうじゅうせきのガラスにはりついた。そうじゅうしの大声が聞こえたような気がした。三機《さんき》

は、クリームでまっ白になって、イチゴやキウィをあちこちにくっつけて、よたよたしながら、山の向《む》こうに飛《と》んでいった。

「やっつけたの……」

さくら子は、けいすけくんの手をにぎった。けいすけくんは、きゅっとにぎりかえしてから、頭をふった。

「そうみたいだけど……わかんないや」

いえでででんしゃは、街《まち》の上をぐるりと回った。スピードががくんと落《お》ちる。それでも、とまらなかった。ゆっくりゆっくり、さっきジェット機が飛んでいったのと反対《はんたい》の方向《ほうこう》に走り出す。

すぐに、青い空がきえた。まっ暗《くら》になる。

「トンネルです」

しゃしょうさんが、ふうっと息《いき》をはいた。

6――いえででんしゃが家出する？

「今度《こんど》は、どこいくの？」

さくら子は、かべにもたれたまま、しゃしょうさんにたずねた。頭がぼんやりする。なんだか、すごくつかれていた。

「わかりませぇん。なんてたって、こしょうしたいえでででんしゃなんですからぁ、どこにいくのかわかりませぇん」

しゃしょうさんも、ぼんやりした声で答えた。

「なっ、いえでででんしゃって、子どもしか見えないんだろ」

けいすけくんの声は、元気だ。

「そうですよぉ。あたりまえのことですよぉ」

「じゃ、なんで、あのパイロットには見えたんだろうな。おとななのにさ、いえでででんしゃを見て、びっくりしてただろう」

「そうだよね。それに、あのケーキ」

さくら子は、ころがっていたケーキのハコを指《ゆび》さした。からっぽだった。半分のこっていたケーキがなくなっている。

「あたしのおたんじょう日ケーキだよね。すごく大きくなってたけど、きっとそうだよね。チョコで『おたんじょうびおめでとう』って書いてあったもんね」

「だよな。ふしぎ」

「ふしぎ。よくわかんないことばっかり……でも、いえでででんしゃ、すごくおこってたよね」

「うん。それは、わかった。おこってた。ぼくだって、すげえはらがたったもんな」

「ねっそうだよね。おとなのくせに、子どもの住《す》んでる家をこわすなんて、最《さい》低《てい》の最低。いえでででんしゃは、それがゆるせなかったんだよね。そうでしょ、しゃしょうさん」

「わかりませぇん。いえでででんしゃがこしょうしていることしか、わかりませぇん」

「こしょうしてるんじゃなくて、すごくおこってるんだよ。子どもの家がどんどんこわされるの知って、つらくて動《うご》けなくて、でも、こわされるところを見たら、つらいよりすごくはらがたったんだよ。まっ赤に光るぐらいおこったんだよ」

「そうですかねぇ。そうですねぇ。家をこわされちゃ、家出もできませんもんねぇ。おとなが、子どものすんでいる家をこわしたりしちゃいけませんよねぇ」

「でも、いえでででんしゃってすげえよな。ケーキでやっつけちゃうんだもんな。うちのケーキが戦闘機《せんとうき》に勝ったなんて、おとうちゃんが聞いたら、びっくりするよな」

でんとうがまたたく。少し暗《くら》くなる。

さっき、あんなにいきおいよく出ていたヤカンのゆげも、今は、ほとんど出ていない。ぽっぽっもえていたストーブの火も小さくなってしまった。少し寒《さむ》い。三人は、ストーブのそばに、ひっついてすわった。けいすけくんが、くすりとわらう。

「なにが、おかしいの？」

「だってな、あのパイロット、すげえびっくりしただろう。ばくだん落《お》としてたら、急《きゅう》にでんしゃがあらわれて、次《つぎ》に、ケーキがあらわれて、どのくらいびっくりしただろうなって思って……きっと、わけわかんなくて、あわてちゃって、ケーキ、ケーキなんてさけんだんだろうな」

しゃしょうさんが、はぁとため息《いき》をついた。

「おいしいケーキでしたのにねぇ。もったいなかったですかねぇ」

「でも、でも、それで、おっぱらったんだもの。家をこわすの、とめたんだもの」

しゃしょうさんが、さくら子を見る。いばった顔じゃなかった。がいこつみたいに、やせた小さな顔だった。

「そうですねぇ。もう、家をこわしてほしくないですねぇ。あんなこと、やめてほしいですよねぇ。これいじょう、いえでででんしゃをおこらせないでほしいですぅ。わたしはぁ、前みたいに、家出した子をのせて走るいえでででんしゃのしゃしょうがいいですぅ」

いえでででんしゃが、かたかたゆれる。でんとうが、ちかちかする。

「トンネル、出ますよぉ」

しゃしょうさんの言葉《ことば》がおわらないうちに、けいすけくんは、まどのところに飛《と》んでいった。

まどの外は、まっ暗《くら》なままだ。急《きゅう》に、光のすじが流《なが》れた。さくら子が、まばたきしている間に、また一つ、流れた。

「あっ、もしかして深海《しんかい》……リュウグウノツカイさんのいる深海駅《しんかいえき》なの？」

「ちっちがいますぅ。海の底《そこ》じゃなくて……」

「たにざき！」

けいすけくんが、さくら子をよぶ。おなかの底から、しぼりだしたみたいな大声だった。

「たにざき、あれっ、あれ、あれ」

けいすけくんが、まどの外をゆびさしながら口をぱくぱく動《うご》かした。まどにかけよる。

「ほら、あれ、あれって、ちっちっ」

「地球《ちきゅう》！」

まっ暗《くら》な中に、青と白のいりまじった球《たま》が、ういていた。きらきらかがやいている。宝石《ほうせき》だ。宝石じゃない。きらきらかがやいている球《たま》は、生きている、息《いき》をしているってかんじがした。手をふれたら、こわれてしまいそうなかんじもした。すやすやねむっている杏里《あんり》のように、弱くて、あたたかくて、やわらかで、たいせつにそっと、ふれなければいけないもののようにかんじる。

「きれいだなぁ」
さくら子が、ほっと息《いき》をはく。けいすけくんも、息をはく。
「電車にのって、地球《ちきゅう》を見た小学生なんて、ぼくたちだけだよな」
「あたりまえですぅ。電車は、うちゅうを走るものじゃないですぅ。あぁ、これでは、いえででんしゃじゃなくて、いえででうちゅうせんになってしまいますぅ。なっなんで、うちゅうなんか、走ってるんですかぁ」

けいすけくんは、おでこをガラスにくっつけたまま、もう一度、息をはいた。
「家出してきたうちゅう人が、のってくるんじゃないの」
「うっうちゅう人、家出したうちゅう人……」
しゃしょうさんが、頭をくらくらふる。さくら子は、まどの外を見つめていた。青と白の地球《ちきゅう》が遠ざかる。どんどん遠くなる。胸《むね》の中が、ざわりとした。

ざわり、ざわり。

いえでででんしゃはとまらない。どこまでも走りつづける。

「家出してるんだ」

さくら子は、まどに強くてのひらを押《お》しあてた。

「家出！」

しゃしょうさんとけいすけくんの声がかさなった。

「いえでででんしゃは、地球《ちきゅう》から家出してるんだよ」

「そっそっそんなバカなぁ。いえでででんしゃが家出するなんて、聞いたことないですぅ」

「家出してるんだよ。だって、すごくおこってたもの。子どもの家をこわすようなおとながいるのにおこって、地球から家出しちゃうんだよ」

まどガラスを手のひらで、なでる。

「そうでしょ。いえでででんしゃ、そうなんでしょ」

いえでででんしゃは、答えない。さくら子とけいすけくんとしゃしょうさんをのせたまま、うちゅうを走っていく。

「でも、たにざき、それって、家出っていわないだろ。地球出《ちきゅうで》とかになるんじゃない？」

「なにを、のんきなこといってるんですかぁ。とほほほほ、家出だなんて、わたしたちは、どうなるんですぅかぁ」

しゃしょうさんは、床《ゆか》にすわりこんで頭をかかえた。

7――いえででんしゃが帰ります

しゃしょうさんが、だまってしまうと、しんとしずかになった。

「たにざき」

と、けいすけくんがいった。

「なに?」

「帰りたい」

けいすけくんの顔を見る。けいすけくんは、クリスマスツリーのかざり球《だま》ぐらいになった地球《ちきゅう》をゆびさした。

「あそこに、帰りたい」

さくら子は、大きくうなずいた。同じことを考えていた。

帰りたい。地球に、家に、杏里《あんり》やママやパパや友だちのいるところに、チョウゲンボウさんやリュウグウノツカイさんのいるところに、みんなのいるところに、帰りたい。

ゆっくりと、まどガラスをなでる。

「帰りたいよ、いえでででんしゃ。あそこにかえって、大きくなって、いろんな家をつくる人になりたい」

小さくつぶやいてみる。

「子どもの家をぼかぼかこわすようなおとなじゃなくて、つくるの。つくる人になりたいの」

ほんとに、ほんとになりたいの。地球《ちきゅう》で、そんなおとなになりたいの。

「ぼく、サッカー選手《せんしゅ》……でも、今、うちゅうひこうしもいいかなって思った。どっちかになる」

けいすけくんも、いえででんしゃに話しかける。星がながれた。いえででんしゃがとまる。

「おおっ、とっとまりました。ふたりとも話をつづけてぇくださぁい。帰りたいって話をしてください」

「しゃしょうさん」

「なんですぅ？　早く、話をしてくださぁい」

「しゃしょうさんは、帰ったらどうするの？」

「わたし？　わたしは、いえでででんしゃのしゃしょうでいたいですぅ。ずっと、いえでででんしゃのしゃしょうで、いたいですぅ。家出した子をのせて、地球《ちきゅう》のあちこちを走りたいですぅ」

しゃしょうさんの目から、なみだがぼろぼろこぼれた。

「帰りたいですぅ。地球から家出なんかしちゃあいけません」

がたん、いえでででんしゃが動《うご》き出す。反対《はんたい》ほうこうに走りだす。

「帰ってる！」

しゃしょうさんが、ぴょこんと飛《と》び上がった。

「帰ってる。帰ってる。よかったぁ。よかったですぅぅぅ」

「もう、すぐ泣《な》くんだから。そんな泣き虫で、よくしゃしょうさんになれたね」

さくら子は、ハンカチでしゃしょうさんのなみだをふいてあげた。

トンネルに入る。トンネルに入るしゅんかんまで、けいすけくんは、まどガラスに顔をひっつけて地球《ちきゅう》を見つめていた。

トンネルをでると、あの街《まち》があった。あちこちから、けむりがでていた。ほとんどの家がこわされていた。くずれて、石や土の山になっていた。生きている人なんか、だれもいないみたいだった。

どんな街だったんだろう。

さくら子は、考えてみる。

こんなふうに、めちゃくちゃにされちゃう前は、どんな街だったんだろう。どんな人がいて、どんな子どもたちがいて、どんなふうに生きていたんだろう。

パン屋《や》さんは、あったのかな。花屋さんや本屋さんや、映画館《えいがかん》やレストランはあったのかな。学校はあっただろうな。どんな子たちが、勉強してたんだろう。どんな勉強をしてたんだろう。授業《じゅぎょう》のとき、いねむりして先生におこられたりしたのかな。けいすけくんみたいに、あきちで、みんなとボールをけって遊《あそ》んだりしたのかな。ケガをした子犬をひろって、かいぬしをさがしたりしたのかな。

おかあさんのお手伝《てつだ》いをよくする子も、走るのが大すきな子も、おとなになったら家をたてる人になりたいって思ってる子もいただろうな……みんな、どこにいったんだろう。どこに、にげていったんだろう。あのくねくねした道を歩いて歩いて、どこまでにげなくちゃいけないんだろう。また帰ってこられるのかな。じぶんたちの街《まち》に、じぶんたちの家に帰ってこられるのかな。

トンネルに入る。

けいすけくんが、ぽつんとつぶやいた。

「なんでかな……なんで、あんなことするのかな」

ほんとに、なんでだろう。なんで、おとなは、街《まち》をこわしたりするんだろう。

けいすけくんと、さくら子にむかって、しゃしょうさんが首を横《よこ》にふった。

すごいいきおいでふった。手までふった。

「わっわたしを見ないでくださぁい。わたしに、聞かれてもわかりませぇん。わたしは、いえでででんしゃのしゃしょうですぅ。おとなじゃありませぇん。帰ってパパやママに聞いてくださぁい」

まどの外が赤くなる。夕やけだった。トンネルをぬけたのだ。

いえでででんしゃが、ゆっくりとおりていく。シューッと、音をたててとまった。

「つきましたぁ」

しゃしょうさんが、にっこりわらう。

夕やけの野原のまんなかだった。さくら子の家のすぐそばだ。

ドアがあく。

「ふたりのおかげで、いえでででんしゃはなおったみたいですぅ。ありがとうです。かんしゃしますぅ」

けいすけくんが、首をひねる。

「そうかなあ。なおったのかなあ。ぼくたちが、帰りたいっていったから、つれて帰ってくれたんじゃないのかな」

さくら子は、いえでででんしゃの車体にさわってみた。

「また、子どもたちの家がこわされたら、どうするんだろう。いえでででんしゃは、どうするんだろう」

しゃしょうさんの顔が、ゆがむ。なにかいいたそうにぱくっと口があいた。

でも、なにもいわない。

プッシュー
ドアがしまる。口をあけたまま、しゃしょうさんが手をふる。

さくら子もけいすけくんも、手をふった。

いえでででんしゃは、ふわりとうきあがり、夕ぐれの空にのぼっていった。

やねより高く、木より高く、山より高くのぼっていった。そして、空のまんなかで、きらりと小さな光になって消《き》えていった。

「たにざき」

けいすけくんが、足もとの小石をけった。

「うん?」

「なんか、すごいたんじょう日だったな」

「うん」

すごいたんじょう日だった。今までの、どのたんじょう日より、すごかった。ぜったい、わすれないたんじょう日になった。

「あの、あのな……」

そういったきり、けいすけくんは、だまってしまった。だまって空をみている。それから、きゅっとこぶしをにぎると、

「ぼく、走って帰る。じゃあな」

そういった。けいすけくんが走りだす。

家まで、ずっと走って帰るんだろう。

さくら子も空を見上げてみた。

いえでででんしゃが消《き》えた空には、小さな星がまたたきはじめていた。

おはなしの森・3
いえでででんしゃはこしょうちゅう？
2004年 9 月25日　第 1 刷発行　NDC913 110P 21cm
2005年 4 月20日　第 4 刷

作　者　あさのあつこ　　画　家　佐藤真紀子
発行者　小桜　勲
発行所　株式会社 新日本出版社
〒151-0051　東京都渋谷区千駄ヶ谷4-25-6
電話　営業 03(3423)8402／編集 03(3423)9323
info@shinnihon-net.co.jp
www.shinnihon-net.co.jp
振替　00130-0-13681
印　刷　光陽メディア　　製　本　小泉製本

落丁・乱丁がありましたらおとりかえいたします。

ISBN4-406-03106-5　C8393　Printed in Japan